PAUL VERLAINE

INVECTIVES

PARIS
LÉON VANIER, LIBRAIRE-ÉDITEUR
19, QUAI SAINT-MICHEL, 19

1896

L'autographe de Verlaine que contenait
ce volume : "A Cain M." (cf. p 52)
a été remis au département des mss
pour être conservé dans le fonds lesouef.

M. Nortier
3 VI 1969

7815 mss

PAUL VERLAINE

INVECTIVES

PARIS

LÉON VANIER, LIBRAIRE-ÉDITEUR

19, QUAI SAINT-MICHEL, 19

1896

INVECTIVES

DE CE LIVRE IL A ÉTÉ TIRÉ

Soixante et onze exemplaires numérotés sur papier de Hollande
Avec pièce autographe de l'Auteur, à 10 francs.

I

PROLOGUE

Je suis en train de commencer
Un bouquin dont, affre muette !
Le titre duquel je m'enquête
M'inquiète, au point de laisser

Aller là mon esprit, sans trêve,
A droite, à gauche et nonobstant
Mon cœur si faible et ta fille, Eve,
Et, ô Seigneur, mon frère Adam !

Mais je m'égare en des pensées
Qui, ci, ne sont pas de saison,
Puisque mes rancunes, passées ?
Non ! n'auraient aucune raison

D'être, si la vie importune
N'était là pour vous dire : « Assez. »
Or vous allez voir si quelqu'une
Ou quelqu'un pourrait me lasser
Dans le pardon ou la rancune !

II

POST-SCRIPTUM AU PROLOGUE

Mais, avant que d'entamer
Ce livre où mon fiel s'amuse,
Je récuse comme Muse
Celle qui ne sut m'aimer,

Celle à qui mon nom sut plaire,
Quand j'avais un sou vaillant,
Et qui me lâcha m'ayant
Ruiné, non en colère,

Non pour tel ou tel grief,
Sans nul doute, un peu plausible,
Mais de sang-froid, plus horrible
Que tel criminel grief,

Mais plus lâche que nature
Contre un homme à terre par
Le fait d'elle seule, car,
Car... ô l'immonde aventure !

Je me tairai par grandeur
Et mon fiel fier qui s'amuse
Récuse à titre de Muse
Cette épouse sans pudeur.

III

L'ART POÉTIQUE AD HOC

Je fais ces vers comme l'on marche devant soi
— Sans musser, sans flâner, sans se distraire aux choses
De la route, ombres ou soleils, chardons ou roses —
Vers un but bien précis, sachant au mieux pourquoi !

J'adore, autrement, certain vague, non à l'âme,
Bone Deus ! mais dans les mots, et je l'ai dit —
Et je ne suis pas ennemi d'un tout petit
Brin de fleurette autour du style ou de la femme.

Pourtant, — et c'est ici le cas — j'ai mes instants
Pratiques, sérieux si préférez, où l'ire,
Juste au fond, dans le fond injuste en tel cas pire,
Sort de moi pour un grand festin à belles dents.[f]

1.

Ce festin, je ferai des milliards de lieues
Pour me l'offrir et le manger avec les doigts,
Goulûment, salement, sans grand goût ni grand choix.
Et j'inaugure aujourd'hui ce ruban de queues,

A l'effet de me payer goujat et docteur,
Niais ou vaurien, pute ou prude, ample provende ;
Sang qui soûle, vraiment appétissante viande...
— Surtout n'excusez pas les fautes de l'auteur !

IV

LITTÉRATURE

Bons camarades de la Presse
Comme aussi de la Poésie,
Fleurs de muflisme et de bassesse,
Elite par quel Dieu choisie,
Par quel Dieu de toute bassesse ?

Confrères mal frères de moi
Qui m'enterriez presque jadis
Sous tout ce silence — pourquoi ? —
Depuis l'affreux soixante-dix.
Confrères mal frères de moi.

Pourquoi ce silence mal frère
Depuis de si longues années,

Et tout à coup comme en colère
Ces clameurs, comme étonnées,
Pourquoi ce changement mal frère ?

Ah, si l'on pouvait m'étouffer
Sous cette pile de journaux
Où mon nom qu'on feint de trouver
Comme on rencontre des cerneaux
Se gonfle à le faire crever !

C'est ce qu'on appelle la Gloire
— Avec le droit à la famine,
A la grande Misère noire
Et presque jusqu'à la vermine —
C'est ce qu'on appelle la Gloire !

V

METZ

Je déteste l'artisterie
Qui se moque de la Patrie
Et du grand vieux nom de Français,
Et j'abomine l'Anarchie
Voulant, front vide et main rougie,
Tous peuples frères — et l'orgie !
Sans autre forme de procès.

Tous peuples frères ! Autant dire
Plus de France, même martyre,
Plus de souvenirs, même amers !
Plus de la raison souveraine,
Plus de la foi sûre et sereine,
Plus d'Alsace et plus de Lorraine...
Autant fouetter le flot des mers.

Autant dire au lion d'Afrique :
Rampe et sois souple sous la trique.
Autant dire à l'aigle des cieux :
Fais ton aire dans le bocage
En attendant la bonne cage
Et l'esclavage et son bagage.
Autant braver l'ire des dieux !

Et quant à l'Art, c'est une offense
A lui faire dès à l'avance
Que de le soupçonner ingrat
Envers la terre maternelle,
Et sa mission éternelle
D'enlever au vent de son aile
Tout ennui qui nous encombrât.

Il nous console et civilise,
Il s'ouvre grand comme une église
A tous les faits de la Cité.
Sa voix haute et douce et terrible
Nous éveille du songe horrible.
Il passe les esprits au crible
Et c'est la vraie égalité.

O Metz, mon berceau fatidique,
Metz, violée et plus pudique
Et plus pucelle que jamais !
O ville où riait mon enfance,
O citadelle sans défense
Qu'un chef que la honte devance,
O mère auguste que j'aimais.

Du moins quelles nobles batailles,
Quel sang pur pour les funérailles
Non de ton honneur, Dieu merci !
Mais de ta vieille indépendance,
Que de généreuse imprudence,
A ta chute quel deuil intense,
O Metz, dans ce pays transi !

Or donc, il serait des poètes
Méconnaissant ces sombres fêtes
Au point d'en rire et d'en railler !
Il serait des amis sincères
Du peuple accablé de misères
Qui devant ces ruines fières
Lui conseilleraient d'oublier !

Metz aux campagnes magnifiques,
Rivière aux ondes prolifiques,
Coteaux boisés, vignes de feu,
Cathédrale toute en volute,
Où le vent chante sur la flûte,
Et qui lui répond par la Mute,
Cette grosse voix du bon Dieu !

Metz, depuis l'instant exécrable
Où ce Borusse misérable
Sur toi planta son drapeau noir
Et blanc et que sinistre ? telle
Une épouvantable hirondelle,
Du moins, ah tu restes fidèle
A notre amour, à notre espoir !

Patiente encor, bonne ville :
On pense à toi. Reste tranquille.
On pense à toi, rien ne se perd
Ici des hauts pensers de gloire
Et des revanches de l'histoire
Et des sautes de la victoire.
Médite à l'ombre de Fabert.

Patiente, ma belle ville :
Nous serons mille contre mille,
Non plus un contre cent, bientôt !
A l'ombre, où maint éclair se croise,
De Ney, dès lors âpre et narquoise,
Forçant la porte Serpenoise,
Nous ne dirons plus : ils sont trop !

Nous chasserons l'atroce engeance
Et ce sera notre vengeance
De voir jusqu'aux petits enfants
Dont ils voulaient — bêtise infâme ! —
Nous prendre la chair avec l'âme,
Sourire alors que l'on acclame
Nos drapeaux enfin triomphants !

O temps prochains, ô jours que compte
Eperdument dans cette honte
Où se révoltent nos fiertés,
Heures que suppute le culte
Qu'on te voue, ô ma Metz qu'insulte
Ce lourd soldat, pédant inculte,
Temps, jours, heures, sonnez, tintez !

2

Mute, joins à la générale
Ton tocsin, rumeur sépulcrale,
Prophétise à ces lourds bandits
Leur déroute absolue, entière
Bien au delà de la frontière,
Que suivra la volée altière
Des *Te Deum* enfin redits !

Paris, 17 septembre 1892.

VI

PORTRAIT ACADÉMIQUE

Fleur de cuistrerie et de méchanceté
Au parfum de lucre et de servilité,
Et poussée en plein terrain d'hypocrisie.

Cet individu fait de la poésie
(Qu'il émet d'ailleurs sous un faux nom « pompeux »
Comme dit Molière à propos d'un fossé bourbeux[1].)

---

[1] Je sais un paysan qu'on appelait Gros Pierre
   Qui n'ayant pour tout bien qu'un seul quartier de terre
   Y fit tout à l'entour faire un fossé bourbeux
   Et de Monsieur *de L'Isle* en prit le nom pompeux.

(École des femmes.)

Sous l'Empire il émargea tout comme un autre,
Mais en catimini, car le bon apôtre
Se donnait des airs de farouche républicain :

Depuis il a retourné son casaquin
Et le voici plus et moins qu'opportuniste.

Mais de ses hauts faits j'arrête ici la liste
Dont Vadius et Trissotin seraient jaloux.

Pour conclure, un chien couchant aux airs de loups.

VII

A ÉDOUARD ROD

Comme on baise une femme sur les cheveux,
Sur les yeux, le cou, les seins, et tout partout,
A rebrousse-poil, bien entendu ! je veux
Caresser ce Suisse et ce sot, de bout à bout.

C'est un écrivain comme l'on l'est en Suisse,
C'est un professeur ainsi qu'on est un pion,
Il est très élégant, telle une saucisse,
I est obstiné, pareil à tel... scorpion.

Il est un monsieur qu'autre part on admire,
Il est psychologue : aussi Georges Ohnet.
Et tant de sottise est sienne qui s'expire,
Que l'on se souvient mal de ce que l'on en connaît !

2.

Ce Rod, qui n'est pas le fils du vieil Hérode,
Pourquoi donc ? je n'en sais absolument rien,
M'a traité, lui, débutant dès son exode,
De bon écrivain, mais d'horrible vaurien...

Or je reconnais peu le droit à ce cuistre
D'apprécier ainsi mon pire et mon mieux,
Et qu'il se taise, car un destin sinistre
Est dû pour son style sentant le vieux.
Et zut à la fin (et mieux) pour ses morales
Qui ne sont qu'un tas blafard d'hypocrisies !
En toute liberté, même aux immorales
Liberté, libertas aux poésies !

VIII

ECCE ITERUM CRISPINUS

Rod, ce maître des élégances,
Genevois fringant et flûté
Au prix, flagrances et fragrances,
De qui Brummel est un raté.

Rod qu'on surnomme Alcibiade
De Berne à Lucerne et d'Uri
Jusqu'en Bâle, Rod un peu fade,
Ce Rod ineffable a souri,

Paraît-il, de ma mine affreuse-
Ment peuple et sans nul galbe exquis
Comme aussi de la malheureuse
Absence en moi du ton marquis,

Du verbe Watteau (sauf en rimes),
Du je-ne-sais-quoi polisson
De bonne compagnie, escrimes
De mots, enfin de cet air..., son

Air à lui, Rod qui si bien mêle
La science à l'urbanité
Et ne trouve pas de rebelle
Aux champs non plus qu'en la cité...

O maître tu me vois confondre
Par ton verdict, en quel émoi !
Et je ne puis que te répondre :

— « Je suis un honnête homme, moi ! »

IX

LA BALLADE DE L'ÉCOLE ROMANE

En ce siècle qui prend la fuite
Nous possédions, déjà, très las
Mais o bstinés dans la poursuite
D'un mieux toujours pas bien, hélas !
Des escholiers pour le soulas
De cette folle monomane,
Notre littérature en bloc ;
Mais tout cela c'était en toc :
Salut à l'école romane !

A bas Baju ! Qu'il meur' bien vite
Sous les coups d'un vaillant Maurras,
D'un Lynan, brillant néophyte,
D'un Raynaud, tout zèle au pourchas

De la gloire de Moréas,
Que l'apocope se pavane
Comm' drapeau fier dans le fier choc
Sur les rangs fermes comme roc
De la grande école romane !

A bas le symbolisme, mythe
Et termite, et encore à bas
Ce décadisme parasite
Dont tels rimeurs ne voudraient pas !
A bas tous faiseurs d'embarras !
Amis, partons en caravane,
Combattons de taille et d'estoc
Que le sang coule comm' d'un broc
Pour la sainte école romane !

ENVOI

Prince au prix de qui tout n'est qu'âne
Laissez s'époumonner, tels phoqu's,
Tous ces faquins, tous ces loufoqu's
Et vive l'école romane !

X

JEAN-RENÉ

Moréas et Ghil,
Ghil et Moréas,
Qui va vaincre ? hélas !

Est-ce au plus agile
Qu'écherra la palme,
Ou bien au plus calme ?

Hélas ! dites, quel
Le victorieux
Du jour glorieux ?

Hélas ! car c'est qu'elles
Sont si juste égales
Leurs nobles fringales

De gloire et de los,
Et leurs vertigos,
Guerriers tant égaux

Qu'il entre en ma glose
De pleurer d'avance
Attaque et défense.

J'en ai comme un sourd
De pressentiment
Ç'ira tristement !

Sous la hache lourde
Chacun des héros
Mordre les carreaux...

Gentes damoiselles
Les oindront de bâmes,
Prieront pour leurs âmes,

Et plus tard pucelles
Diront leurs hauts faits
En des vers mauvais.

XI

CONSEILS

Ghil est un imbécile. Moréas
N'en est foutre pas un lui, mais, hélas !
Il tourne ainsi que ce Ghil « chef d'école ».
Et cela fait que de lui l'on rigole.

Chef d'école au lieu d'être tout de go
Poète vrai comme le père Hugo,
Comme Musset et comme Baudelaire,
Chef d'école au lieu d'aimer et de plaire.
Toujours parler et ne jamais chanter,
Grammairien sans cesse à disserter
En place d'un esprit, d'un cœur, d'une âme !
La glace du pédant, non plus la flamme

3

Libre et joyeuse et folle par des fois
D'un pur génie, ensemble glaive et voix !
Ghil ? Un comble, un comble et cela complète
Son cas, mais Moréas est un poète !

Bon Jean, quitte l'un peu trop rococo
Geste de scander ton cocorico.
Bon coq, chante clair et baise ta poule.
Ghil est un crétin, toi, ne sois maboule
Et puisque « Galathée a tout ton cœur »,
Dis-le sans plus que seul, libre et vainqueur !

XII

POUR MORÉAS

Moréas dit que je suis sans talent,
Et F. A. Cazals que tant on renomme
Dans les endroits où l'on se fait grand homme
Chante ce fait qui me semble étoilant.

Peut-être serais-je trop insolent
En demandant, pour leur plaire enfin, comme
Il faut s'y prendre, à moins d'être un Prudhomme
Bien mis, correct, et bête, et s'en gonflant,

Je ne m'en gonfle pas, je m'en gondole,
Et je m'en vais au vent fou qui m'envole,
Vent fou moi-même et cœur si fou

Dont il ne faut pourtant pas qu'on rigole,
Mais si fier, en dépit de quelque pou
Qui s'en arrange — et, lors, je m'en console.

XIII

L'ÉTERNEL SOT

L'éternel sot qui fut jadis Fréron
'Et maintenant se nomme Brunetière
Mériterait une ode tout entière
Pour l'exécration du fanfaron !

Du fanfaron de bêtise au ronron
Affreux de chat pire que de gouttière,
Mais non, un dur sonnet en étrivière
Suffit pour châtier tel lourd baron

3.

Du snobisme actuel comme de l'autre
Et le voici pour l'autre et pour le nôtre
Et pour le nôtre, hélas ! surtout.

Car il n'est pire pédant pour déplaire
Que celui qui, méprisable à tout bout
De champ, nous insultait en Baudelaire.

Mai 1893.

XIV

ARCADES AMBO

H. Fouquier, sans nulle orthographe,
Ne me trouve pas vertueux
Suivant la guise de ses vœux,
Et signe ce de son paraphe.

H. Fouquier, sans nulle vergogne,
Estime trop insuffisant
Mon style ancien et le présent,
Et rien n'est égal à sa rogne.

H. Fouquier auquel E. Feydeau
Légua sa veuve avec des rentes
Trouve « plutôt indifférentes »,
(*Anglice*) très loin du vrai beau

Et de la règle et de la norme
Les choses qu'il croit que j'écris
Pour lui plaire (!) et jette des cris
D'une dimension énorme,

Si j'ose ainsi parler. Ce gas
Brandit la hache de son H
Sur moi povre et d'un pas de vache
Espagnole écrase mon cas...

M*** ! Du moins qui suis, le sais
Sinon que vaux ! Moules et crabes,
Lui, c'est un cuistre en trois syllabes,
En trois syllabes c'est un... Sais.

XV

A MONSIEUR LE DOCTEUR GRANDM***

INTERNE DES HÔPITAUX

Tu fus inhumain
De sorte cruelle.
Tu fus inhumain
De façon mortelle.
Tu fus inhumain
Sans rien de romain.

Tu n'as d'un romain...
De la décadence,
Tu n'as d'un romain
Que ta grosse panse.

Tu n'as de romain
Que d'être inhumain.

Tu fus dur et sec
Comme un coup de trique.
Tu fus dur et sec
Comme une bourrique
Qui ruerait avec
Un rein dur et sec.

Le pauvre à ta voix
Tremblait comme feuille.
Le pauvre — à ta voix ! —
Qu'épuise et qu'endeuille
La faim, à la fois,
La soif — et ces froids !

Et maudit sois-tu
Selon tes mérites,
Donc maudit sois-tu,
Vil bourreau dodu,
Oui, maudit sois-tu
Suivant ta vertu !

XVI

DÉTESTANT TOUT CE QUI SENT...

Si jamais quelques noms s'embrouillent sur ma lyre
Ce ne sera jamais que Grivel et Grévil.

Détestant tout ce qui sent la littérature,
Je chasse de ce livre uniquement privé
Tout ce qui touche à l'horrible littérature.

Pourtant un mot, un simple mot, et puis c'est tout,
Sur un faquin qui s'est permis des facéties
A mon endroit. — Un simple mot et puis c'est tout.

J'étais à l'hôpital, lequel? Vraiment le sais-je,
Etant si coutumier et du fait et du lieu!
J'étais à l'hôpital. Dire lequel? Qu'en sais-je?

Or pendant ce temps-là de miens cuisants ennuis,
De douleur non pareille et de quantes souffrances,
Et pendant ce temps-là de miens cuisants ennuis,

De remèdes amers, d'opérations dures,
D'odeurs mauvaises, de misères et de tout!
O remèdes amers, opérations dures!

Ce monsieur crut plaisant de me couper en deux!
Le poète, très chic, l'homme, une sale bête.
Voyez-vous ce monsieur qui me coupait en deux?

Rentre, imbécile, ton « estime » pour mes livres.
Mais ton mépris pour moi m'indiffère, étant vil.
Garde, imbécile, ton « estime » pour mes livres,

Dernier des reporters, et premier des Graivil.

XVII

LES MUSES ET LE POÈTE

Mæcenas, atavis edite regibus, etc.
Q. H. F.

LE POÈTE

Muses de Gaillard et Ritt,
Chantons vite les mérites
Des Mécènes de la Seine :

Disons vite que J. R***
N'est là moitié d'un escroc
Mais le comble de l'obscène.

4

Proclamez très haut qu'Albert
S*** que l'on révère
Emmi plus d'un tribunal

Est le parangon bien net
De l'Editeur déshonnête
Et du puffisme infernal...

Ne laissez croire à quiconque
Que Deschamps prénommé donc
Léon comme Léon Bloy

Soit le Bienfaiteur qu'il pré-
Tend être par mont et pré,
En ville comme au « Village ».

Ni le Souscripteur sublime
Qu'il se trompettait *olim*
En faveur de pauvre moi.

Mais le temps est précieux,
Laissons ces malgracieuses
Figurines de notre âge.

Paulo, modernistes Muses
Majora, hein ? *canamus*.
Si nous causions politique ?

Le chœur des actuelles Piérides.

— Oui, car c'était là le *hic*.

XVIII

A UN MAGISTRAT DE BOUE

SOUVENIR DE L'ANNÉE 1885

Fous le camp, quitte vite et plutôt que cela
  Nos honnêtes Ardennes
Pour ton Auvergne honnête d'où déambula
  Ta flemme aux lentes veines.

Paresseux ! quitte ce Parquet pour encirer
  De sorte littérale
D'autres au pied de la lettre au lieu de t'ancrer,
  Cariatide sale,

Dans ce prétoire où tu réclames l'innocent
     Pour le bagne et la geôle,
Où tu pérores avec ton affreux accent
     Pire encore que drôle,

Mauvais robin qui n'as, du moins on me l'a dit,
     Pour toi que ta fortune,
Qui sans elle n'eusses, triste gagne-petit,
     Gagné la moindre thune,

Tu m'as insulté, toi ! du haut de ton tréteau,
     Grossier, trivial, rustre !
Tu m'as insulté, moi ! l'homme épris du seul beau,
     Moi, qu'on veut croire illustre.

Tu parles de mes mœurs, espèce de bavard,
     D'ailleurs sans éloquence,
Mais l'injure quand d'un tel faquin elle part
     S'appelle... conséquence.

La conséquence est que, d'abord tu n'es qu'un sot
     Qui pouvait vivre bête,
Sans plus, — tandis que, grâce à ce honteux assaut
     Vers un pauvre poète,

                            4.

Un poète naïf qui n'avait d'autre tort
            Que d'être ce poète,
As mérité de lui, paresseux qui t'endors
            Poncif, laid, dans ta *boète*,

(Comme tu prononces, double et triple auverpin)
            Que les siècles à suivre
Compissent, et pis ! ton nom, Grivel (prends un bain)
            Grâce à ce petit livre.

XIX

AUTRE MAGISTRAT

Je veux pour proclamer dignement ses louanges,
M'aider du sistre d'or ainsi que font les anges
    Célébrant le Seigneur,
Et, poète sans frein, plein d'un noble délire
Chanter, m'accompagnant aux cordes de la lyre,
    Une ode en son honneur.

Car il est grand, malgré son nom. Vastes contrastes :
Grand, Petit. Et je veux choisir entre ses fastes
    Un haut fait de renom...
C'était voilà longtemps, environ quatre lustres,
Deux voyageurs alors, ni l'un ni l'autre illustres,
    Riches, je crois que non,

S'arrêtèrent dans un buffet dans une gare
Et ma foi, las et souls de toute la bagarre
    D'un train à bon marché,
Burent sans trop compter, marcs, rhums, bitters, absinthes,
Et dame ! leur langage en paroles peu saintes
    S'était, las ! épanché,

Quand des gendarmes, représentant la morale,
Empoignèrent les imprudents, et, sépulcrale
    Leur voix hurla : « Allaiz ! »
Ils allèrent jusqu'au superbe hôtel de ville,
De la ville (beffroi superbe et de quel style !)
    Qui servait de palais.

Il siégeait dans un cabinet d'acajou sombre
Au milieu de cartons et de dossiers sans nombre.
    Le spectacle imposant !
En favoris de coupe un peu Louis-Philippe —
- Et faux toupet avec, magistrale, une lippe
    Idoine au cas présent.

« Vos noms, professions, et cœtera. » Les autres
De répondre conformément, en bons apôtres
    D'ailleurs sûrs de leur fait.

L'interrogat fini : « Bien, dit-Il, qu'on reparte
Pour Paris. » Alors, sans par trop perdre la carte
       Et pendant qu'Il se tait :

L'un : « Mais qu'avons-nous fait pour qu'ainsi l'on nous traite
En vagabonds ? » Lui : « Silence ! Quelle défaite !
       Or vous avez émis
Des choses qu'on ne peut ouïr dans notre ville
Presque sacrée à force d'être si tranquille.
       Puis, VOUS ÊTES MAL MIS ! »

XX

COMPLIMENT A UN AUTRE MAGISTRAT

EN ARRAS

Ceci vaut le classique hexamètre. Ecoutez
Religieusement, car ce sont vérités,
Ma parole sacrée, ou le diable m'emporte !

Il s'agissait de mettre un couvent à la porte
En vertu de décrets signés Jules Grévy.
Et ce fut un scandale énorme tôt suivi
D'un bien plus grand encor quand, pour le mémorable
Assaut, la garnison pourtant considérable :
Génie et train et ligne encor se renforçait
De l'importante ville forte que l'on sait,

De police rurale et de gendarmerie,
— Plus, *ultima ratio*, de l'artillerie.

Mais reprenons.

   Aux fins de sommer « l'ennemi »
Composé de quatre vieillards, d'une demi-
Douzaine d'ordinands et du portier, l'usage
Veut que cela soit fait — l'usage est-il très sage ? —
En pareil cas, par le Procureur du ressort.
Or, dans l'espèce, le Procureur fit le mort.
On cherche, on fouille, l'on trifouille, l'on déterre.
Pas plus de Procureur que sur la main. Mystère !
Mystère ? Non ! susurre-t-on dans les salons ;
Non, clame-t-on dans les cafés.

     — « Eh mais, allons,
Le Petit la connaît, le Petit n'est pas bête. »

Ce pendant la Loi triomphait. Dieu ! quelle fête
Pour la démocrassie et pour la liberrté !
Solidaires dans l'indivisibilité.
On enfonça la porte à coups de hache et d'autres
Engins d'effraction, sous l'œil en patenôtres
D'un monsieur laid titré commissaire central
Ceint d'un large torchon tricolore ventral,

Comme eût dit René Ghil pour termer une écharpe,
Et les soldats honteux de cet exploit d'escarpe,
L'arme au pied, attendaient le signal de tirer,
De charger, de pointer, mais on put espérer
Bientôt qu'on n'aurait point besoin de ces extrêmes
Expédients, car bientôt s'en sortirent, blêmes
Mais fermes, leurs paquets à la main, les vaincus
Avec, au col, la main chacun de deux Argus.
(Lisez : « policiers », mais les besoins de la rime !

Or pendant que l'on punissait ainsi le crime
D'être chez soi, priant, aumônieux et doux,
Monsieur le Procureur, aux champs, soignait la toux
Qui l'avait justement pris la veille des choses
(Des oncles, bons chrétiens, s'étaient montrés moroses
Devant le « devoir » incombant à leur neveu
Qui, Ciel nouveau, luttant entre le monde et Dieu,
Entre la révocation et l'héritage)
Prit ce biais d'être malade.

                   Après l'orage
Il revint dans sa bonne ville, très guéri
Et très bientôt, grâce à du zèle dru, nourri,
— Tel le feu d'une armée au cœur d'une bataille —
Se vit promu, malgré les rires, — faut qu'on raille !

— Président, s'il vous plaît, du Tribunal civil
De la ville, et taxé par les uns d'être vil
Par les autres d'être un malin... C'est bien la vie !

Magistrature que l'Europe nous envie !

14 novembre 1891.

XXI

SONNET POUR LARMOYER

Juge de paix mieux qu'insolent
Et magistralement injuste,
Qui vas massif, ventre ballant,
Jambes cagneuses — et ce buste !

Je veux dire ton maltalent,
Ta manière rustique et fruste
D'être pédant... et somnolent,
Et sot, que de façon robuste !

Je n'ai pas oublié, non, non !
(Ce compliment de sorte neuve
Que je te rime en est la preuve.)

Je n'ai pas oublié ton nom,
Tes rengaines ni ta bedaine,
Ni ta dégaine — ni ma haine !

XXII

A CAIN M...

Ce nouveau père de l'Eglise
(Sous bénéfice d'inventaire)
M'engueule et m'enjoint de me taire,
Car mon œuvre le scandalise,

Montrant ma plaie en même temps
Qu'un peu de ma faible santé,
Vu que l'homme est double et doté
D'une âme — et de sens ægrotants.

Il me maudit de belle sorte
Et pour flétrir d'un blâme insigne
Mes livres et leur plan indigne
Non, il n'y va pas de main morte.

« *Medice, cura te ipsum,*
Donne-moi l'exemple, ami cher,
Répondrait sans trop rien d'amer,
Ma jugeotte au farouche Dom.

« La charité te le commande
Non moins d'ailleurs que la logique.
Prêche d'exemple, homme emphatique,
Dont le pathos en l'air se bande.

« Cesse de boire trop, de trop
Aimer la femme et d'être au fond
Le pire des cuistres qui font
Traiter tel chrétien de salop. »

Broussais, septembre 1893.

5.

XXIII

ANECDOTE

Le poète, mourant de faim
Suivant l'immuable légende,
S'en alla frapper à la fin
Chez un éditeur de sa bande.

— Sa bande, car ce sont bandits
Que tels éditeurs et poètes —
A l'effet d'un maravédis
Ou deux, pour rompre ses diètes.

L'éditeur qui venait de ne
Vendre... qu'une édition toute.
Bref, répondit : « Mon vieux, vous me
Volez comme sur la grand'route. »

Le poète, toujours serein
Et toujours serin, lui réplique :.
Des voleurs comme moi, je crain
Qu'il n'en soit pas assez pour le bien de la République.

25 février 1895.

XXIV

HOU! HOU!

Swells de Brussels et gratin de la Campine,
Malins de Malines, élégants de Gand,
A Linos, Orpheus et leur race divine
Jetez le caleçon, relevez leur gant.

       Belges que vous êtes,
       Chantez, mes amours,
       De vos grands poètes
       L'on rira toujours.

Mais, las ! j'oublie, et vous êtes pittoresque
En même temps qu'esthétique et musical.
Pour la couleur aucun ne vous vaut que presque
Et votre Rubens marche mal votre égal.

Belges que vous êtes,
Peignez, mes amours,
De vos grands poètes
L'on rira toujours.

L'esprit vous étouffe et les bords de la Senne
N'ont que ceux de la Sprée en çà pour rivaux
Et, de par Léopold, Koning der Belgen,
Vos mots vont bien au niveau de vos travaux.

Belges que vous êtes,
Causez, mes amours,
De vos grands poètes
L'on rira toujours.

Enfin c'est vrai que vous sonnez la diane
Et nous aller « annexer » ainsi que dû.
Heureusement, comme l'on dit, que la douane
Est là pour une fois, bons messieurs, sais-tu ?

Belges que vous êtes,
Venez, mes amours,
De vos grands poètes
L'on rira toujours.

XXV

A L'ADRESSE DE D'AUCUNS

Rompons ! Ce que j'ai dit, je ne le reprends pas.
Puisque je le pensai, c'est donc que c'était vrai.
Je le garderai jusqu'au jour où je mourrai
Total, intégral, pur, en dépit des combats.

De la rancœur très haute et de l'orgueil très bas,
Mais comme un fier métal qui sort du minerai
De vos nuages à la fin je surgirai,
Je surgis, amitiés d'ennuis et de débats.

O pour l'affection toute simple et si douce
Où l'âme se blottit comme en un nid de mousse.
Et fi donc de la sale « âme parisienne ».

Vive l'esprit français, d'Artois jusqu'en Gascogne,
De la Champagne et de l'Argonne à la Bourgogne,
Et vive un cœur, morbleu ! dont un cœur se souvienne !

XXVI

UN ÉDITEUR

Quelqu'un a-t-il connu Monsieur S***,
    Quelqu'un ici?
C'est un gros laid d'assez fadasse mine
    Et bête aussi...

Sa spécialité, c'est le scandale
    Pour de l'argent.
C'est le pamphlet, chose en général sale.
    (Suis-je indulgent!

J'aurais dû mettre et signer : odieuse,
    Digne du pal
Ou du moins d'une mort plus rigoureuse,
    C'est tout le mal

Que je souhaite à cette gent impie.)
    Quant à Monsieur
S***, ce serait faire œuvre pie
    Et trop d'honneur

A ce brigand de la littérature
    Qui vendrait Dieu
Trente deniers, ou mieux, pour telle ordure
    De son milieu

De le passer au feu comme un Juif pire
    Que ceux qu'il a
Vitupérés ou du moins laissé dire
    Ces choses-là.

Je n'aime pas énormément la race
    De feu Judas...
Pourtant elle vaut encor mieux que la crasse
    De tout ce tas !

XXVII

BALLADE EN FAVEUR

DE

LÉON VANIER ET Cⁱᵒ

Ce que j'aime, Dieu seul le sait.
Autant que le diable l'ignore...
J'aime d'abord ce qui me fait
Plaisir, — puis ce qui presque encore
(Telles, pilules que l'on dore)
Me fait mal, peine, doute ou peur.
Mais, mes amis, ce que j'adore
Surtout, ce sont mes éditeurs.

J'aime la femme, — un fait, ce l'est
Indubitable, — comm' j'abhorre

(Avec apocope) le laid !
J'aime l'absinthe bicolore :
Verte et blanche, autant que j'honore
De loin l'eau pure et ses horreurs.
Mais ce qui vaut un « Ah ! » sonore
Surtout, ce sont mes éditeurs.

Ils sont charmants, doux comme lait,
Luisants comme louis qui se dore
(Avec apocope) et qui plaît
A tout le monde. Un los s'essore
Et l'envieux que l'envi' fore
(Avec apocop') — ses fureurs ! —
(Avec *idem*) crèv' comm' pécore ;
Mais, au fond, viv'nt mes éditeurs !

ENVOI

Du Kohinnor et de Lahore
Princes trop grands, mais peu donneurs,
C'est vers vous que je m'édulcore,
Mes chers, mes tendres éditeurs.

XXVIII

BUSTE POUR MAIRIES

Marianne est très vieille et court sur ses cent ans
Et comme dans sa fleur ce fut une gaillarde,
Buvant, aimant, moulue aux nuits de corps de garde,
La voici radoteuse, au poil rare, et sans dents.

La bonne fille, après ce siècle d'accidents,
A déchu dans l'horreur d'une immonde vieillarde
Qui veut qu'on la reluque et non qu'on la regarde,
Lasse, hélas! d'hommes, mais prête comme au bon temps.

Juvénal y perdrait son latin, Saint-Lazare
Son appareil sans pair et son personnel rare,
A guérir l'hystérique égorgeuse des Rois.

Elle a tout, rogne, teigne... et le reste, et la gale !
Qu'on la pende pour voir un peu dinguer en croix
Sa vie horizontale et sa mort verticale !

1881.

XXIX

STATUE POUR TOMBEAU

La Gueule parle : « L'or, et puis encore l'or,
Toujours l'or, et la viande, et les vins, et la viande,
Et l'or pour les vins fins et la viande, on demande
Un trou sans fond pour l'or toujours et l'or encor ! »

La Panse dit : « A moi la chute du trésor !
La viande, et les vins fins, et l'or, toute provende,
A moi ! Dégringolez dans l'outre toute grande
Ouverte du seigneur Nabuchodonosor ! »

L'œil est de pur cristal dans les suifs de la face :
Il brille, net et franc, près du vrai, rouge et faux,
Seule perfection parmi tous les défauts.

L'Ame attend vainement un remords efficace,
Et dans l'impénitence agonise de faim
Et de soif, et sanglote en pensant a La Fin.

1881.

XXX

THOMAS DIAFOIRUS

C'est le seul Paul parmi tant de Jules, d'Albert,
De Léon (ces païens ont des noms de baptême)
Et c'est le seul « *savant* » de tous ces forts-en-thème,
Sur ce banc d'avocats chimiste frais-ouvert.

Cuistre autrement. Et plus hideux. Encore vert,
Il vit d'obscénités qu'il arrange en système ;
Spécial, il encourt un distinct anathème
Et son nom, pour sa honte éternelle, est Paul Bert.

C'est le persécuteur tortueux et cynique.
Sa part prise au présent gâchis y communique
Un goût de poison lent et des airs d'échafauds.

« *Sat prata biberunt.* » Sonnet, rends à ses bêtes
L'équarrisseur en *us* promis aux temps nouveaux,
Tueur des chiens qui va passer coupeur de têtes.

1881.

XXXI

NÉBULEUSES

Papa Grévy, l'affreux Ferry persécuteur,
Constans proverbial et Cazot légendaire
Même dans ce milieu de conte de Voltaire
Pour la sottise crasse et la plate laideur ;

Ces Chambres, bosse double au dos d'un dromadaire,
Idoines au régime, ineptie, impudeur ;
Ces maires, ces préfets, leur argot, leur odeur,
Et Farre, à lui seul tout l'opprobre militaire ;

Et la file des purs, des barbes, des aïeux,
Juillet, Février, Juin, et « ceux » du Deux Décembre
Bonnes jambes, jamais lasses dans l'antichambre ;

Et les jeunes encor plus bêtes que les vieux,
Communards sans Hébert, Girondins sans Charlotte,
— Le tout, un vol de sous dans un bruit de parlotte !

1881.

XXXII

ÉCRIT PENDANT LE SIÈGE DE PARIS

DÉCEMBRE 1870

Loyal poignet d'acier, bon vieux héros choisi
De par le bon vieux Dieu barbu des vieilles Bibles
Pour être le plus pur entre les plus terribles,
Goetz de Berlichingen, que dis-tu de ceux-ci ?

Dorothée, Ottilie ! ô vous, vierges, quasi
Des anges, qui, parmi vos rêves si paisibles,
Tout au plus évoquiez des amis « impossibles »,
A force de vertus qu'en dites-vous aussi ?

Et vous, les jeunes gens, fières Maisons-moussues,
Contempteurs des docteurs et des choses reçues,
Terreur des Philistins abjects, splendides fous ;

Sur Paris, sur Paris ! ce ne sont pas des mythes,
L'Allemagne, il paraît, lance, qu'en dites-vous ?
Tranquillement des culs horribles de marmites.

XXXIII

OPPORTUNISTES

(1874)

« Assez des Gambettards ! Otez-moi cet objet,
Dit le Père Duchêne, un jour qu'il enrageait.
Tout plutôt qu'eux ! Ce sont les bougres de naissance.
Bourgeois vessards ! Ça dut tenir des lieux d'aisance
Dans ces mondes antérieurs dont je me fous !
Jean-foutres, qui, tandis qu'on LA confessait sous
Les balles, cherchaient des alibis dans la foire !
Ah ! tous ! Badingue Quatre, Orléans et sa poire
(Pour la soif), la béquille à Chambord, Attila !
Mais, mais, mais ! pas de ces La-Réveillères-là. »

XXXIV

UN PEU DE POLITIQUE

Tribune des Cinq-Cents, attributs indécents,
Tremplin mesquin pour tous plongeons dans les **non-sens**,
Dans ces mensonges, dans telles logomachies,
Et, chose pire, dans les plus pires des orgies
De gaspillages d'honneur civique et d'argent;
Tribune où Bonaparte, en homme intelligent
Vraiment, ne monta qu'un instant pour donner l'ordre
De la jeter bas, dût mons Arena le mordre
D'un poignard de théâtre et d'un « Tyran ! » appris;
Tribune remplacée au delà de son prix,
Bien au delà de son prix, ce leurre, par celle
Des rois revenus, qu'on peut nommer la Pucelle
De parlementarisme honnête, celui-là
(Non celui-ci !) et puis, comme tout s'écroule

De fier encor dans ce pays qu'un chacun pipe,
Tribune encore de l'affreux Louis-Philippe,
Et de Prud'homme et de Robert Macaire et de
Tous les pieds plats et d'aussi tous les cœurs bas que
La honte attire et que l'opprobre rassasie !

Quarante-huit te mit au rancart, trop moisie
Que t'étais pour ses paradoxes innocents,
Tribune des Cinq-Cents, attributs indécents,
Et l'Empire second pour malpropre te tint...

Mais vint le Prussien...
                        Ton prestige est reteint,
Ton bas-relief d'ailleurs sans talent d'autre guise
Que d'étaler des seins qui ne sont plus de mise
Et qu'un artiste un peu noble « ne saurait voir »
Sans un chagrin profond et sans un ennui noir,
Ton bas-relief, à neuf gratté, t'encor décore,
Tremplin mesquin pour tout plongeur dans tout non-sens,
Symbole de ceux-ci, jacobins indécents.

XXXV

UN PEU DE BATIMENT

Dans ce Paris si laid moderne, il est encore
Ou plutôt il était, car tout se déshonore,
Il était quelques coins pittoresques, ô non !
Mais drôles d'horreur fade et de terreur sans nom
Aucun. Je veux parler de feu les terrains vagues,
Saint-Ouen, Montrouge, d'autres peut-être où les vagues
De foule bête n'avaient osé déferler.
Eugène Suë *and Cᵒ* surent en bien parler,
Henri Monnier aussi, mais de façon badine ;
Lui... mais, quoi, nous voyons, de nos jours, que lutine
La fièvre de bâtir pour voler en surplus,
Là s'élever, en plâtre, à sept étages, plus
Peut-être, des maisons de rapport, parodie

7.

De celle du Paris intérieur, mais tout aussi
Laides et d'un aspect vil aussi réussi.
Ça fleure de malsain, ça prédit la misère :
Termes dus, fièvre typhoïde, ça vous serre
Le cœur d'une pitié qui serait du mépris...

Cependant, dès que c'est dressé, les maçons pris
De vin chantent la *Marseillaise*, air neuf encore,

Et plantent là-dessus le drapeau tricolore.

XXXVI

PUERO DEBETUR REVERENTIA

> Moi, si j'avais vingt fils, ils auraient
> vingt chevaux !
>
> ÉMILE DESCHAMPS.

Moi, si j'avais vingt fils, ils auraient vingt chevaux
Et fuiraient au galop le Pédant et l'Ecole,
Infâmes pour lesquels cette gueuse raccole
En ce pays conquis tous les petits cerveaux.

La Truande ! qui veut pour ses sales travaux,
Blasphème, puis péché, séduire, comme on vole,
L'enfant, le mien, le vôtre, ô la sinistre folle !
L'enfant, tout votre orgueil et tout ce que je vaux !

Et si j'avais cent fils, ils auraient cent chevaux
Pour vite déserter le Sergent et l'Armée
Que ces brigands nous ont créée, et ces drapeaux.

Les faquins ! qui mettraient la France, notre aimée,
Aux mains du plus offrant, après en avoir fait
La chose impure, faible et sale que l'on sait.

XXXVII

SOUVENIRS·DE PRISON

(Mars 1874)

Depuis un an et plus je n'ai pas vu la queue
D'un journal. Est-ce assez *Bibliothèque bleue ?*
Parfois je me dis à part moi : « L'eusses-tu cru ? »
Eh bien, 'on n'en meurt pas. D'abord c'est un peu cru,
Un peu bien blanc, et l'œil habitueux s'en fâche.
Mais l'esprit ! comme il rit et triomphe, le lâche !
Et puis, c'est un plaisir patriotique et sain
De ne plus rien savoir de ce siècle assassin
Et de ne suivre plus dans sa dernière transe
Cette agonie épouvantable de la France.

SOUVENIRS DE PRISON

(1874)

Les passages Choiseul aux odeurs de jadis
Où sont-ils ? En l'hiver de ce Soixante-dix
On s'amusait. J'étais républicain, Leconte
De Lisle aussi, ce cher Lemerre étant archonte
De droit, et l'on faisait chacun son acte en vers.
Jours enfuis ! Quels Autrans soufflèrent à travers
La montagne ? Le Maître est décoré comme une
Châsse et n'a pas encor digéré la Commune.
Tous sont toqués, et moi qui chantais aux temps chauds,
Je danse sur la paille humide des cachots.

ACTUALITÉ

Je trouverais très ridicules
Au lieu d'affreux que je le fais
Cette cause et tous ses effets
Qui démonteraient cent Hercules,

Si n'était encor la Patrie,
— Non ce « pays » qu'il faut haïr
Ni son « bon droit » qu'il faut trahir —
Mais cette aveuglément chérie

Patrie à qui tous sacrifices
Extravagants, exorbitants,
Sacrés, saints, sont dus en tous temps,
En tous lieux, malgré tant de vues !

Et j'implore, en ma joie amère
De voir s'abîmer ce pays
Dans ces opprobres inouïs,
La France, l'éternelle mère !

XL

A PROPOS D'UN PROCÈS INTENTÉ

A UN

ARCHEVÊQUE FRANÇAIS

Je n'aime pas énormément
Le Clergé que le Concordat
Nous procure présentement,
Et je voudrais qu'on émondât

Quelque peu, quand même un Soldat
S'en mêlerait brusque et charmant
Au fond, remplissant ce mandat :
Tout pour le bien, — et persistât,

8

Qu'on émondât quelque peu, dis-je,
— Par quel détour ou quel prodige
Je n'en sais rien, mais je m'entête —

L'Eglise française — et les autres,
Mais, aussi, que tels bons apôtres,
Bonne R F, fussent de la fête.

XLI

POUR DÉNONCER LA « TRIPLICE »

AU LIEU DU CONCORDAT

L'Italie ? Elle est dans le train
Extraordinaire qui s'emporte
Même au delà des flots du Rhin,
Même en deçà de notre Porte !

L'Autriche, elle est bien bonne là,
Non sans son « laurier » sur son shak'
O, la Prusse qu'on consola[1]
Par telles cessions dont chaque

[1] D'*Iéna et cœtera*

Est si terrible qu'il ne faut
Aucunement espérer trêve
Ni paix sans reprendre de haut !
Verdun, Toul, Metz, hélas ! et Trêve

. . . .

Et quant à ce... gouvernement
Qui prétend garder l'équilibre
En l'occurrence, ou bien il ment
Ou bien la France n'est pas libre !

XLII

ODE A GUILLAUME II

Guillaume Deux, empereur d'Allemagne,
  Comme César,
Dans ce « *Gastibelza* » dont la montagne
  A fait un « Sar » ;

Guillaume Deux, l'homme à l'oreille mâle,
  Au bras long mal,
Et qui parfois, — faveur impériale !
  Agit pas mal,

Napoléon éventif, mais honnête
  Mecklembourgeois
Je t'aime quand même, et même c'est bête,
  Mais pas bourgeois !

8.

Parce que t'es un homme avec un sabre
(Et bien disant
Des choses non dites par tel quel glabre!)
Si bien luisant.

Je t'aime comme on aime une ennemie
Que l'on aurait,
Parce que, Sire, au fond, vous n'avez mie
Quelque secret,

Parce que vous êtes un honnête homme
Bien que Prussien,
Parce que vous êtes un fou tout comme
Moi, ce Messin [2]!

Jules Favre.

[2] *Ça rime mal*
Mais m'est égal!

XLIII

RASTAS

« *S'ennuVer* », pris pour
« s'ennuyer » dans ce vers de
V. H. (*Chansons des Rues et
des Bois*) par M. Jean Moréas, à
cause de son romanisme, lors
latent.

S'adresser, pour plus mûrs
renseignements, à M. Raymond
de la Tailhède.

Garibaldi m'ennuie
    Comme la pluie
Mais Machin ! m'ennuVa,
    — Tel Moréa.

Guillaume Deux m'assomme,
    Tels deux Guillaume,
A force d'être chic
    Comme mastic.

Il a trop d'uniformes !...
Eux, les Romans
Ils mettent trop de formes
Et de romans

A devenir plus bêtes
Même qu'leur pied
Et beaucoup moins honnêtes
Que mêm' trop sied,

Littérair'ment, veux dire...
— Ou autrement
S'il leur plaît, — car le pire
P'tit garnement

De leur Bande ou Z'Ecole[1]
M'empêcherait
De tendre une bricole
Dans leur forêt,

Pourquoi, d'ailleurs, pour r'prendre
Avec le doigt

[1] Sous le Directoire ou aux champs.

Quêqu'chôs', dans leur provendRe

Que l'on me doit ?

E je reste le Maître...

Or, de moi-mêm'

Et s'il faut me l'permettre,

Je leur dis : « M. »

[1] Zézeia. On ajoute souvent des consonnes après des consonnes : Exemple *provendre, répardre*, etc., sans se douter de la « Romanitas ».

XLIV

CONTRE LES PARISIENNES

Il faut enfin parler de la Parisienne
    Mieux que banalement
Et lui dire sans fiel que dans la chose sienne
    Tout n'est pas qu'agrément.

Elle-même se dit point belle mais jolie
    Et par « jolie »\elle, elle entend
Quelque chose de laid platement que pallie
    Un port de tête exorbitant

Et qu'émaillent des mots ressassés qu'elle vole
    Aux journaux finis d'achever,
Avec, en sus, un tortillement trop frivole
    Des hanches pour faire... rêver.

La chlorose est son lot et ses cuisantes suites
    Et la tuberculose aussi,
Aussi la fausse couche et ses péritonites,
    Aussi tous maux dans ces tons-ci...

Elle qui se prétend reine de l'élégance,
    C'est d'Angleterre, deux ou trois
Ans après, qu'elle tire — et vêt d'extravagance
    Ses modes, son goût et son choix.

Mais assez. Résumer sera faire œuvre pie.
    Total : C'est fade et polisson
Et c'est bavard et c'est voleur comme une pie
    Et c'est putain comme chausson.

XLV

SUR LA MANIE
QU'ONT LES FEMMES ACTUELLES
DE RELEVER LEURS ROBES

« Quand tu vas, balayant l'air de ta jupe large »
     Baudelaire disait
Dans des comparaisons superbes en surcharge
     Ainsi qu'il en faisait...

On peut dire aujourd'hui ce que disait le Père,
     Tout à fait à rebours,
Car les femmes ont adopté quelle manière,
     Dieux! d'orner leurs entours,

Les entours de leur corps infernal et céleste
— J'entends leur vêtement —
D'une main à baiser, oui ! mais de quel sot geste
De vain retroussement !

Car l'ampleur de la robe et son envol et tout le
Reste grâces au vent
Font penser l'homme, non intime mais en foule
A ce qu'il a devant...

Tandis que cette sorte absolument hideuse
De montrer des mollets
Insuffisants parfois serait la source affreuse
De combien de vœux laids !

Vous accentuez trop, Mesdames, vos « tournures »,
Et j'en reste effrayé,
Car elles sont, hélas ! d'amples caricatures
De ce dont on s'assié...

Ou plutôt continuez, mais plus d'un infâme
Retroussement moqueur
Retroussez, retroussez, retroussez jusqu'à l'âme,
Retroussez jusqu'au cœur.

9

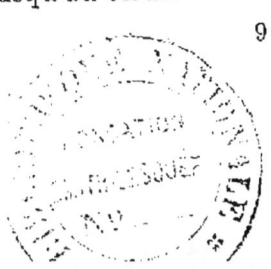

XLVI

PETTY LARCENIES

Canaille subalterne,
Sergots, cochers, logeurs,
Plate race à l'œil terne,
Chiens couchants et mauvais coucheurs,

Je vous aime et j'estime
Votre petit trafic
Qui, n'osant pas le crime,
Ment et vole, depuis le flic

Jusqu'au collignon rouge
De veste et de gilet,
Jusqu'au teneur de bouge
Et de sommeil qu'un rien troublait.

T'en souvient-il, Moi-même,
De tous leurs humbles trucs,
Quand la richesse extrême
N'avait pas pompé tous tes sucs !...

Le flic aimait la pièce,
Aussi le collignon.
L'hostelier, gente espèce,
A son tour ne disait pas non...

Puis, pour être à la coule
De ce siècle crevant,
Chacun de cette foule
Donnait gentiment de l'avant.

Et, les yeux en extase
Vers la Haute, ces bons
Garçons — le fond du vase —
A leur tour devenaient fripons,

Et de fripons fripouilles,
Si que, selon les gens
« C'est la fin des grenouilles... »
Grands dieux, soyez-nous indulgents !

XLVII

COGNES ET FLICS

Autrefois j'aimais les gendarmes.
Drôle de goût, me direz-vous...
Enfin je leur trouvais des charmes,
Non certes au-dessus de tout,

Mais je les gobais tout de même
Comme on prise de bons enfants.
Elitre de l'armée et crème
Et fleur, ils m'étaient triomphants !

Leurs baudriers et leurs bicornes,
Si bien célébrés par Nadaud,
D'une sécurité sans bornes
Flattaient mon âme de badaud.

Puis, ils lampent le petit verre
Avant comme après le repas
D'un geste plus ou moins sévère
Et je ne le détestais pas.

Je trinquais avec des brigades
Et nous buvions à nos amours.
Comme il sied avec des troubades,
C'était moi qui payais toujours...

Depuis je constate avec peine
Qu'ils sont des rosses vous dressant
Procès-verbal à perdre haleine
Quand ils jugent le cas pressant.

La douille manque à la caserne.
Or voici, grâce à tels délits
Qu'ils fabriquent d'un style terne,
Les budgets qu'il faut, rétablis.

A moi, les chouias, les macaches !
Désormais je me voue au chant
National de « Mort aux vaches ! »
Fussé-je pris pour un méchant...

Comme aussi les sergents de ville :
J'avais une estime pour eux !
Protecteurs de la paix civile,
De l'ordre gardiens valeureux,

Rempart du Bien, terreur du Crime,
Ils me semblaient, naïveté !
Une apparition sublime
D'anges veillant sur la cité...

Hélas ! c'est encor : « Mort aux vaches ! »
Qu'il faut crier quand on les voit.
Massacreurs féroces et lâches,
Mouchards, non point maquereaux, soit,

Mais tout comme, ivrognes qu'indure
Plus d'un rogomme monstrueux...
Et le héros se dénature
En un drôle imperpétueux.

XLVIII

DÉCEPTION

« Satan de sort, Diable d'argent ! »
  Parut le Diable
Qui me dit : « L'homme intelligent
  Et raisonnable

Que te voici, que me veux-tu ?
  Car tu m'évoques
Et je crois, l'homme tout vertu,
  Que tu m'invoques.

Or je me mets, suis-je gentil ?
  A ton service :
Dis ton vœu naïf ou subtil ;
  Bêtise ou vice ?

Que dois-je pour faire plaisir
  A ta sagesse ?
L'impuissance ou bien le désir
  Croissant sans cesse ?

L'indifférence ou bien l'abus ?
  Parle, que puis-je ? »
Je répondis : « Tous vins sont bus,
  Plus de prestige,

La femme trompe et l'homme aussi,
  Je suis malade,
Je veux mourir. » Le Diable : « Si
  C'est là l'aubade

Que tu m'offres, je rentre. En Bas.
  Tuer m'offusque.
Bon pour ton Dieu. Je ne suis pas
  A ce point brusque. »

Diable d'argent et pas la mort !
  Partit le Diable,
Me laissant en proie à ce sort
  Irrémédiable.

XLIX

GRIEFS

On me dit vieux, qui ça ? Les jeunes d'aujourd'hui !
Homère est vieux aussi, je réclame de lui,
Non dans des termes équivoques ni baroques,
Mon esprit qui n'a pas besoin de leurs breloques
Pour tinter et briller aù vrai soleil d'été.
Cinquante ans, non sonnés, n'ont pas trop hébété,
Que je sache, l'esprit dont Dieu fit mon partage.

On me dit vieux, qui ça ? Les amants de cet âge.
Ci, mannequins transis, de Gomorrhe venus.
Or je suis tout plein vert, j'en atteste Vénus
Et les dames. On me dit vieux, qui ça ? Ce maître
Es-Anarchie (un mot suranné), petit traître

A la patrie en deuil, au pauvre qu'il voudrait
Faire méchant au lieu des soins qu'il lui faudrait,
Conseils doux, Dieu montré, pain, vin, la main tendue
Et la bonne mort patiemment attendue
Comme la délivrance en une vie enfin
Heureuse !

          On me dit vieux, qui ça ? Cet aigrefin
Imberbe, mais pêcheur émérite en eau trouble,
Qui me plaint de mon indigence triple et double,
Unique ! sans songer un instant, le pauvret,
Que je suis riche, étant honnête. Apre secret,
Recette pas drôle, être riche puisque honnête !
On me dit vieux encore. Encore qui de bête ?
Ah oui, parfois moi-même, alors surtout que j'ai
Mal agi, mal parlé, garrulé comme un geai,
Trottiné comme un âne à travers telle et telle
Préoccupation, sordeur ou bagatelle.
Mais j'ai tôt reverdi d'entre ces détritus
Et je me bande en presque enfantines vertus,
En efforts bien adolescents, en très viriles
Actions contre mes propres propos futiles !

Je demande pardon pour leur peu haute voix
Et le ton vif, — mais on n'est jeune qu'une fois.

L

ON DIT QUE JE SUIS UN GAGA

On dit que je suis un gaga.
C'est Moréas qui m'envoi' ça.

Doncques suis un gaga « n'hélas ! »
C'est ce que m'envoi' Moréas.

Moi qui suis un charmant garçon,
J' dis à personn' qu'il est quel...

Et si j'avais l'verbe superbe
(Et l'assonance !) je dirais...

LI

A RAOUL PONCHON

(CONSEILS DANS SA MANIÈRE)

Ponchon, vous n'êtes pas raisonnable non plus.
   Ecoutez ma semonce :
Eh quoi ! vous vous rangez dans les gens dissolus
   Dont rougirait Alphonse,

Qui font la honte, ayant de l'esprit à gogo,
   De toute notre époque.
Notre époque n'est plus celle du père Hugo,
   — Encore un bon loufoque !

Ni même celle de Voltaire (Arouet), ni
    Celle du grand Monarque,
Et vous voici parmi le nombre indéfini
    Des criminels de marque.

Quinze jours de prison pour outrages à la
    Sainte Magistrature...
Mais je me trompe... à la morale, et me voilà
    Tout prêt à la rature.

Car je ne suis pas, moi, comme vous, bon Raoul,
    De l'opposante race,
Et que me fait d'ailleurs que tel juge maboul
    Soit un doux pédérasse.

Tous les chasseurs à pied, tous les garçons baigneurs,
    Tous les télégraphistes
Peuvent bien défiler devant ses yeux sans mœurs
    Et l'avoir sur leurs listes,

Je m'en fous et je suis un trop bon citoyen
    Pour crier comme on beugle...
Règle : vois si l'on veut, si l'on peut, c'est très bien,
    Mais être d'un aveugle !!

10

Et libre à tout un tribunal, s'il décida,
       Pour que rien ne se perde,
En place de biftecks, au lieu de tel rata,
       D manger de la m***.

Qu'il mange de a m*** ou non, dites un peu
       Si cela vous regarde!
Allons, faites vos quinze jours, et, nom de Dieu!
       Dieu vous ait en sa garde.

16 novembre 1891.

LII

A MARCEL SCHWOB

Schwob, « la Terreur future, » elle existe, très cher,
Plus que dans votre livre excessive et superbe
Tuant l'humanité comme on fauche de l'herbe
Par la misère et par la flamme et par le fer.

Guerre, machinerie, exploitation du
Pauvre haineux par le riche âpre, assauts d'astuces,
Anarchistes français et nihilistes russes,
Rendu pour un prêté, prêté pour un rendu,

La science pouvant à peine se suffire
Pour la destruction nécessaire, on dirait,
Et jusqu'à l'Alchimie exhumant son secret.

Ah oui, notre Terreur future elle est plus pire
Que la vôtre stoppant du moins devant l'Enfant.
Mais ceux-ci ! Voyez donc s'ils y vont de l'avant.

LIII

A ERNEST DELAHAYE

Ernest, en un sonnet dont peut-être as mémoire
Je glorifiais Dieu jadis de nous avoir
Tout fait voir rose dans ce monde où tout est noir
Et créés gais tous deux pour sa plus grande gloire.

Or aujourd'hui, quand l'heur de rire raréfie
Ses chances et qu'un gris ennui s'en est suivi,
Voici, délicieusement inassouvi,
Un combat s'engager dont ma rate est ravie,

Un combat de géants du Grotesque déjà
Proverbiaux parmi les meilleurs de nos pitres,
Et le bon sang dans mes veines coule par litres,

(Dans les tiennes aussi, gageons ! se dégorgea.)
Moréas contre Ghil, le Turc et la Belgique,
Pense ! Et quel beau cas batracomyomachique.

LIV

A FÉLICIEN CHAMPSAUR

Champsaur, n'êtes-vous pas, dites, de mon avis
Et ne trouvez-vous pas ce monde bien immonde ?
Je crois qu'oui, n'en voulant pour preuve sans seconde
Que le poivre et le sel où vous tenez confits,

Pour nos esprits charmés à qui c'est tous profits,
Vos vers d'âpre ironie et l'amère faconde
De cette prose où sous l'allure franche et ronde
Si souvent un sarcasme exquis nous a ravis.

Et vous avez raison, poète que vous êtes !
Marinons nos chagrins et saurons nos dégoûts
Et servons-les bien froids : c'est rendre coups pour coups

A l'étrange société qui de nos têtes
Voulut faire son jeu de massacre et son but...
— Petit bonhomme vit encore et lui dit : Zut !

LV

A CATULLE MENDÈS

Banquet du 16 janvier 1895.

Vous avez magnifiquement vengé la Muse
D'un blasphème trop bête en son impiété :
« Baudelaire, grand cœur douloureux », *a dicté*
Votre vers *châtiant* tel pédant qui s'amuse.

« Notre cher Baudelaire ! » ah, qu'il fut bien jeté
Ce cri de notre cœur à la face camuse,
D'une ignorance qui s'en croit, mais qui s'abuse,
Et d'un muflisme aggravément prémédité.

Oui, faisons respecter de la foule et du cuistre
Nos aînés au tombeau qu'insulte un cri sinistre,
Corbeaux au lourd vol noir, belettes au corps tors.

Et consolons d'un beau courroux qui berce et flatte
D'un bruit encor de gloire en cette fosse ingrate
Qui ne sait plus leur nom, les morts, les pauvres morts.

LVI

A F.-A. CAZALS

Ils avaient escompté ma mort
Qui n'arrivait pas assez vite,
Pour quel vil et quel sale effort
Avaient-ils escompté ma mort ?
Ils voulaient te salir, toi, fort
De mon amitié, point en fuite.
Ils avaient escompté ma mort
Qui n'arrivait pas assez vite.

Même elle a fait faux-bond ma mor
A tel type et telle drôlesse
Près de mon lit, rués au bord,
Elle a fait quel faux-bond ma mort.

J'allais de tribord à bâbord,
Mais je vis, c'est le point qui blesse.
Même elle a fait faux-bond, ma mort
A tel type et telle drôlesse.

Mon Cazals, tu sais qu'en dépit
De tout je t'aime mieux qu'un frère.
Cette amitié-là, sans répit,
Ni trêve, en crédit ou débit,
Elle est au cœur qui la fourbit,
S'il le faut, en arme de guerre.
Mon Cazals, tu sais qu'en dépit
De tout je t'aime mieux qu'un frère.

LVII

CHANSON POUR BOIRE

A Léon Vanier.

Je suis un sale ivrogne, dam !
Et j'ai donc reçu d'Amsterdam
Un panier ou deux de Schiedam.

Mais seulement le péager
Qu'il me faut pourtant ménager
A moins que de le négliger

M'interdit — il a bien raison ! —
D'introduire dans ma maison
Ce trop pardonnable poison.

11

Je vole à la gare du Nord,

Mais j'y pense : or voici que l'ord.

E misère est là qui me mord...

Hélas ! comment faire, Vanier ?

Je n'ai plus l'ombre d'un denier

Pour vous offrir un verre ou deux de ce panier.

LVIII

AUTRE CHANSON POUR BOIRE

A Léon Vanier.

Je triomphe et j'ai ce Schiedam
(Qui ne me vient point d'Amsterdam
    Mais de la Haye)
Et j'en ai bu beaucoup, beaucoup,
Trop peut-être et j'ai vu le loup
    Sauter la haie,

La haie, hélas ! de ma raison
Sauter et fuir à l'horizon
    Tel un cortège
A lui tout seul, ce loup, de loups
Et je dis : il me serait doux,
    Puisque m'assiège

Le remords — car c'est du remords,
Et le remords c'est des rats morts
    Dont l'odeur pue.
De n'avoir encor partagé
Ce Schiedam ô si fort que j'ai !
Avec tel dont la note est due,

— De partager (un peu) ce fier Schiedam que j'ai.

18 avril 1893.

LIX

CHANSON A MANGER

Nos repas furent sommaires
Cette semaine : enfoncés
Les Marguerys et les Maires
Aux menus par trop foncés.

Fi de la sole normande,
Fi de l'entrecôte au jus,
Puisque tous ces jours-ci j'eus
La satisfaction grande

D'être un végétarien
A l'instar de ce poète
Bouchor, ou de cet esthète,
Sarcey, critique ancien.

11.

Nous mangeâmes de la soupe
Où lentilles et poireaux
Mêlaient leurs parfums farauds
A celui du pain qu'on coupe.

L'eau coulait dans le cristal
Plus pure que loi, plus claire,
Meilleure que vin ou bière,
Boire idéal et fatal !

C'est dommage que le ventre
Soit un ventre préférant
Encore un bon restaurant
A, Polyphème, ton antre !

LX

A MON AMIE EUGÉNIE

POUR SA FÊTE

Contrariante comme on l'est peu, nom de Dieu !
Tu n'en fais qu'à ta tête, — et moi rien qu'à la mienne
Non plus — et je suis tel que je suis, quelque peu
Que je sois, et j'y reste en dépit de la tienne

De, tête et, nom de Dieu, j'adorerais ce jeu
S'il ne me tuait pas en manière de tienne
Plaisanterie et de ta part et de la mienne,
Je dis un peu ce qu'il faut dire, nom de Dieu.

Je ne suis pas ni comme il faut, ni de génie,
Mais je me souviens qu'on te prénomme Eugénie
Et je me rappelle aussi que c'est aujourd'hui

Ta fête, et qu'il faut encore que je la souhaite
En dépit de nos torts de femme et de poète,
Et je t'envoie, ô, ce sonnet fait aujourd'hui.

14 novembre 1894.

LXI

UNE FOLLE ENTRE DANS MA VIE

Une folle entre dans ma vie
Et je n'en suis pas étonné
(A qui voulez-vous qu'on se fie ?)
Une folle entre, — quelle envie !

Et pourtant j'avais ordonné
Patience et philosophie
A qui j'étais subordonné
Moyennant sa photographie

Termes affreux ! Rimes ? Comment ?
Mais n'est-il pas vraiment charmant
D'être à travers ce caractère,

Ce caractère qu'il faudrait
Renfoncer si l'on le voudrait...
Mais cette folle est mon affaire.

12 mai 1893.

LXII

CONTRE UNE FAUSSE AMIE

Les beaux sentiments
Tout comme une armée
Rappliquent fumants,
Poudre avec fumée,

Rappliquent sans rien
Qui rappelle l'ordre,
Répliquent sans bien
Savoir où que mordre !

Mais, sachant de qui
Provient le désastre.
Poniatowsky
Mal noyé ; nul astre,

(Nulle étoile) ils ont
Repris la montagne
Et même le Mont... [1]
Aussi, — la campagne !

. . . .

Or tu m'as menti
Comme une poupée :
Elle a ressenti,
Mon âme trompée !

Et j'ai rappliqué,
Telle notre Armée
Et notre Clergé,

Vers-la-mieux-Aimée !

[1] Pour justifier un des pléonasmes de Moréas.

LXIII

POUR Mlle E... M...

« Plus pire encore que nature, »
Comme zézaie en son langage,
Cette ange hors d'âge et d'usage,
Elle est si toc qu'elle en est pure !

Elle est méchante, c'est la gale,
Et vraiment pour t'avoir « gobée »,
Il m'a fallu quelle fringale,
Mademoiselle Machabée,

12

Quelle fringale, trop frugale,
Qui rappellerait le vampire
— De qui l'affre à rien ne s'égale —

Qu'il paraît que fut l'homme pire
Dont Saint-Ouen, ville destinée,
Frémit encor, mal étonnée !

LXIV

A MA BIEN-AIMÉE

Je connais tout, même moi-même.
Je ne sais rien, même de toi.
Je suis l'inconscient et j'aime
Je ne sais qui, jusques à moi !

Mais je n'ignore pas quiconque,
Et ce quiconque-là, j'y suis
Pour lui parler si, dans la conque
De son oreille, ce pertuis !

Il désire que je lui glisse
Telle parole ou bien un mot
Et s'il voulait qu'on lui foutisse
Un compliment de matelot.

Je suis de ce siècle et de toutes
Les décadences et je suis
Ce pèlerin qui, par les routes,
Et me congèle et me recuis.

Et sans peur ni de la mort verde
Ni de la vie en rose, j'ai
Pour réponse à tel propos gai
Ou triste ou riendutoutiste : M...

LXV

A LA SEULE

Tu n'es guère qu'une coquine,
Qu'un abominable vaurien
Du sexe ennemi, mais combien
Je t'aime, tu le sais, gredine

Exquise qui me fis quel bien
Et me fais que de mal ! J'opine
Pour ta mort... ou la mienne, ou bien
Pour les deux en même temps... Ni ne

12.

Dis mot, ni surtout ne te tais !
Je bafouille en songes épais
(Ainsi que parlait Sainte-Beuve),

Quand tu n'es pas là ; je n'y suis
Pas non plus, et ce que je cuis
Dans mon jus ! Reviens, ô ma Veuve !

LXVI

A L'ANCIENNE

Mais puisque l'hyène ancienne
Revient pour relécher le sang
Des blessés, eux, tombés au rang
D'honneur pourtant, puisque la haine,

La haine ! elle est à qui la veut !
C'est le diable au sens catholique,
La sottise au sens symbolique...
Puisque la haine, alors, ne peut,

Ne veut plus abdiquer ni feindre,
Puisque le drapeau relevé
Sous tant d'horreurs est rebravé,
Ce n'est donc plus nous qu'il faut plaindre,

C'est l'infamie et l'Être faux,
La femme ou l'homme qui l'assume,
La femme et l'homme, époux posthume
D'un serment mort, et par les vaux

Et par les monts et par les ondes
Et les naufrages d'au-delà,
Honte et pitié sur l'homme et la
Femme de ces retours immondes.

Et que suive en attendant mieux
Ou pire, car qui sait les choses
Par ces temps brusques et moroses ?
Ces vœux de moi, ces miens adieux !

Juillet 1895.

LXVII

POUR E...

Tu me fais un peu mal à la tête,
O jalouse ainsi que le soupçon,
Je ne suis pas toujours à la fête
Alors que tu me fais la leçon !

O doctoresse en droit féminin,
Epargne un peu ce moi, ta conquête,
Et fais-lui le don félin, canin,
De ta compétence qui me guette,

Ta compétence en le droit charmant
Qu'ont les femmes, hélas ! sur nos âmes
D'hommes et même sur nos vraiment
Faibles corps d'hommes, ô vous, les femmes...

O toi, ma femme, ô toi, laisse-moi
T'aimer beaucoup sans surtout trop croire
Que je ne t'aime que pour la gloire.
Non, je t'aime encore pour l'émoi,

Pour ce cher émoi de notre chair
Commune comme un bien qu'on partage,
Alors que nous sommes au lit cher
A notre chair laissée en otage

De notre cœur ô que mutuel,
De notre âme ô combien réciproque,
De notre amour si doux, si cruel,
Que je le crois seul de son époque.

LXVIII

RÊVE

Je renonce à la poésie !
Je vais être riche demain.
A d'autres je passe la main :
Qui veut, qui veut m'être un Sosie?

Bel emploi, j'en prends à témoin
Les bonnes heures de balade
Où, rimaillant quelque ballade'
Je passais mes nuits tard et loin.

Sous la lune lucide et claire
Les ponts luisaient insidieux,
L'eau baignait de flots gracieux
Paris gai comme un cimetière.

Je renonce à tout ce bonheur
Et je lègue aux jeunes ma lyre !
Enfants, héritez mon délire,
Moi j'hérite un sac suborneur.

LXIX

RÉVEIL

Je reviens à la poésie !
La richesse décidément
Ne veut pas de mon dénûment
Et c'est un triste dénouement.

A moi la provende choisie,
L'eau claire et pure et ce pain sec
Quotidien non sans, avec,
Un gentil petit air de rebec !

A moi le lit problématique
Aux nuits blanches, aux rêves noirs,
A moi les éternels espoirs
Pavanés des matins aux soirs !

13

A moi l'éthique et l'esthétique.
Je suis le poète fameux
Rimant des vers pharamineux
A l'ombre d'un quinquet fumeux !

Je suis l'âme par Dieu choisie
Pour charmer mes contemporains
Par tels rares et fins refrains
Chantés à jeun, ô cieux sereins !

Je reviens à la poésie.

LXX

LA MONTRE BRISÉE

A Eugénie...

Dans notre vie un peu fantasque
Il n'est, je crois, rien arrivé
De plus masque et tambour de basque
Et mi-carême et mardi gras .

Que cette colère venue
De quel donc prétexte vraiment ?
Qui, dès, grosse erreur reconnue,
Nous rentrés de mauvaise humeur,

Me fit, sans que rien pût là contre,
D'un pied fantochement vainqueur,

Ecraser cette pauvre montre
Que tu venais de m'acheter.

Je piétinais comme un beau diable,
Comme un polichinell' rageur,
L'horloginette lamentable
Qui tôt ne fut qu'un triste tas

De cuivre et d'argent et de verre
Dès lors se relevant en... « bosse »,
Et maintenant, à moi sévère,
Après coup, je compris trop tard

Que j'ai fait mal et me lamente
A propos du bijou perdu
Et de l'heure à jamais absente...
Mais quelque chose de dedans

Moi-même me dit : « C'est carême
Aujourd'hui, mais rassure-toi, —
L'heure n'en va pas moins quand même,
Heureuse ou non... »

                                        Baste ! aimons-nous.

LXXI

MON APOLOGIE

Je suis un homme étrange, à ce que l'on me dit :
Aux yeux de quelques-uns pur et simple bandit,
Pur et simple imbécile aux yeux de quelques autres ;
D'autres encor m'ont mis au rang des faux apôtres,
Pourquoi ? D'aucuns enfin au rang des dieux, pourquoi,
Mon Dieu ? Quand je ne suis qu'un bonhomme assez coi,
Somme toute, en dépit de quelque incohérence.

Or, j'ai souffert pas mal et joui non moins : rance
Juste milieu, je t'ai toujours mal reniflé,
Malgré tout mon désir de vivre mieux réglé,
Mieux équilibré, comme parlerait un sage
De nos jours après tout sages, selon l'usage

Des jours anciens et futurs.

                                        Donc, j'ai souffert
Beaucoup et surtout de mon fait, à découvert,
Par exemple, et saignant ainsi que pour l'exemple,
Et scandaleux comme l'ilote. Oui, mais quel ample
Et bon remords me prit, par la grâce de Dieu,
De mes fautes d'antan, presque juste au milieu
De l'expiation de tant de jouissances !

Et, dès lors, j'ai vécu de toutes les puissances
Du cœur et de l'esprit bien mûris par l'été
Splendide du bonheur et de l'adversité.
Voilà pourquoi je suis ce qu'on nomme cet homme
Etrange, et qui ne l'est, encore qu'on le nomme

Tel. Au plus un original ; encore, encor ?
Car je ne pose pas dans tel ou tel décor,
Que je sache, et mon geste est d'un complet nature,
Triste ou gai, je concède assez vif, d'aventure,
Quand il sied, assez lent par hasard, s'il le faut.

Donc, ô mes amis chers, prisez pour ce qu'il vaut
Mon caractère tel qu'il est : tout d'une pièce ?
Non, et je ne crois pas qu'il importe en l'espèce,

Mais fort peu compliqué ; de bonne foi toujours ?
Non, car je suis un homme et je ne suis pas l'ours
Des solitudes, brave bête un peu farouche,
Mais si franche ! — et je mens parfois, plutôt de bouche
Qu'autrement, mais enfin je mens... au fond, si peu !

Et oui, j'ai mes défauts, qui n'en a devant Dieu ?
J'ai mes vices aussi, parbleu ? Qui n'en a guère
Ou beaucoup ? Mais à la guerre comme à la guerre,
Il faut me supporter ainsi, m'aimer ainsi
Plutôt, car j'ai besoin qu'on m'aime.

                                          Et puis ceci :
Dieu m'a béni, lui qui punit de main de maître,
Terriblement, et j'ai reconquis tout mon être
Dans le malheur tant mérité, tant médité,
Et c'est ce qui m'a fait meilleur, en vérité,
Que beaucoup d'entre ceux dont si stricte est l'enquête.

Mais, Seigneur, gardez-moi de l'orgueil, toujours bête !

TABLE

—

TABLE 155

ÉVREUX, IMPRIMERIE DE CHARLES HÉRISSEY

Librairie LÉON VANIER, 19, quai Saint-Michel, Paris

Envoi franco contre timbres-poste ou mandat.

OEUVRES COMPLÈTES DE PAUL VERLAINE

VERS

POÈMES SATURNIENS, 3ᵉ édit.	3 50
LA BONNE CHANSON, 2ᵉ édit.	3 »
FÊTES GALANTES, 4ᵉ édit.	3 »
ROMANCES SANS PAROLES, 3ᵉ édit.	3 »
SAGESSE, 4ᵉ édit.	3 50
JADIS ET NAGUÈRE, 2ᶜ édit.	3 »
AMOUR, 2ᵉ édit.	3 50
BONHEUR.	3 50
PARALLÈLEMENT, 2ᵉ édit.	3 50
CHANSONS POUR ELLE.	3 »
LITURGIES INTIMES.	3 »
ODES EN SON HONNEUR.	3 »
ÉLÉGIES.	3 »
DANS LES LIMBES	3 »
DÉDICACES	3 50
INVECTIVES.	3 50

EN PRÉPARATION

HISTOIRES COMME ÇA (prose).
LIVRE POSTHUME. — VARIA.

PROSE

LES POÈTES MAUDITS.	3 50
LOUISE LECLERCQ	3 50
MÉMOIRES D'UN VEUF.	3 50
MES HOPITAUX.	3 »
MES PRISONS.	3 »
15 JOURS EN HOLLANDE, avec portrait (sur hollande)	5 »
(Tirage sur Japon.).	20 »
CONFESSIONS.	3 50
28 BIOGRAPHIES de poètes et littérateurs publiées dans les *Hommes d'aujourd'hui.* Les 28 numéros à 10 c. l'un	2 50

THÉATRE

LES UNS ET LES AUTRES, comédie en un acte, en vers.	2 »
CHOIX DE VERS ET DE PROSE, ANTHOLOGIE	0 15
VERLAINE PAR LUI-MÊME. Biographie *Hommes d'aujourd'hui.*	0 10

PAUL VERLAINE, L'HOMME ET L'ŒUVRE, étude littéraire, par Charles Morice, avec un curieux portrait.	2 »

POUR PARAITRE *(En souscription)*

LE TOMBEAU DE PAUL VERLAINE, édition de grand luxe, dite des poètes.	10 »
VERLAINE INTIME, notes, souvenirs et correspondance, par L. Vanier, 1 volume.	3 50

www.ingramcontent.com/pod-product-compliance
Lightning Source LLC
Chambersburg PA
CBHW070908030726
47504CB00005B/1505